大空のコントラバス

福士りか歌集

大空のコントラバス＊目次

装幀　日本ハイコムデザイン室

大空のコントラバス

雛の家

街灯の円錐光のなかを降る「ラストダンスは私に」と、雪

イヤホンで聴くコルトレーン落差ある滝のごとくに風を巻き込む

「さてもさても津軽の昔《むがし》こ教《しか》へがな」ノイズやさしきローカルラジオ

ストーブの上の薬罐のほろほろと沸いてそろそろ湯たんぽ時間

さくら湯のさくら小さくふるへつつ白磁の碗に春をひろげる

にんじんを梅のかたちに押し抜いて雛の祭りの支度をひとり

振りかけるさくらでんぶのあたたかさ雪しづる夜につくる花寿司

花寿司と白酒を母と祖母に供ふささやかなれど雛の家なる

一階に四部屋二階に四部屋の家に住みたり　なべてうたかた

すいせんのつぼみほのかに灯りたり名残の雪の降りたるあした

春の若馬

岩木嶺の東斜面に馬出でぬ春のおぼろを駆ける若馬

球春は青春の季語グランドの残雪くづし一面に撒く

がほがほと長靴鳴らし雪を掻く野球部員ら湯気のぼらせて

長靴はミツウマ印ぞ残雪を踏み消してゆく竜馬、神馬、駿馬

長靴をスパイクシューズに履き替へて春の大地を足でたしかむ

はじめての担任はじめての卒業生青年教師は式練で泣く

足踏みのオルガンで弾く賛美歌の音やはらかし息するごとく

明治より生徒の祈り聞き来たる礼拝堂のその梁太し

「夢はみるものではなくて叶えるもの」夢をもつ子が晴れやかに言ふ

三月は風花の季《とき》おだやかにさよならを言ふ卒業の子ら

若きらの旅立ち老いの旅立ちのどちらともなく旅ははるけし

浅野ゆう子五十七歳初婚とや掃除したての窓が明るい

とてもいい旅行かばんが欲しくなる「とてもいい」ってわからないけど

定年まで残り四年を切りし夏そらを見上げること多くなる

告知

銀の輪の髪にひかれりランドセルおろしたばかりの子ら登校す

入学式式辞の長し床に足の届かぬ生徒が足を揺らせり

御《お》包《くる》みから顔のぞかせる児《こ》のやうに中一男子の詰め襟高し

宿題の提出くらゐで「チョレイ!」とか叫ぶ男子の幼さもよし

つまづくこと《異変》多くなりたり先天性粗忽症との自覚はあれど

板書すれば薄く小さき文字の列採点すればゆがみある丸

整骨院、整形外科医院、鍼灸院めぐりめぐつて病名つかず

紹介状手にするまでの半年を携へて訪ふ大学病院

受胎告知ほどにあらねどパーキンソン病の告知のわけのわからなさ

右腕を垂れて歩めるこれはだれ動画が病を承服させる

突然の縁組みなれどせむかたなし添ひ遂げますかパーキンソン病と

さう言へば石牟礼道子もパーキンソン病と思へば同志の気分

進行をいかに留めむ完治せぬ病がわれに生き方を問ふ

病院から帰る頃には病人となつてしまつて歩幅の狭さ

畦道ウォーク

子宮全摘から八年

そのむかし術後療養せし日々のよみがへり来る畦道ウォーク

ダイエットのための散歩と父に言ふ病名告ぐる覚悟まだなく

まづ歩くつま先をあげ腕を振りはるかな山を見据ゑて歩く

タチアオイの花びらおでこに貼り付けてコケロッコーつて笑つたな、夏

暮れかかる夏ぞらの色そのままに咲くツユクサの青のすがしさ

早苗田に映れる影を鏡とし右腕の振りを確かめ歩く

うかうかと眠つてしまふ右のうで右のあし歩め夏の畷路《なはてぢ》

水入りて面《おもて》かがやく休耕田はつなつの空をふかく映せり

空骨病み

津軽弁「空骨病《からぽね》み」とふ地ビールを飲めばゆるゆる空骨が病む

空骨とは無い骨のこと無い骨が痛むすなはち怠け者の謂《いひ》

「無い骨だばクラゲの骨だべ」清少納言のごときドヤ顔する津軽人

骨のない鮭の切り身が給食にだされるといふ骨抜きの鮭

切り身からいつぽんいつぽん骨を抜き成形せし鮭いづくより来る

骨なしサケ、背の歪むアジ、被曝マグロ　太古の海にはゐない生き物

欠けやすきは人を指差す指の爪丹念にまるくやすりかけたり

一本に雌花雄花を咲かせたる胡桃はかたき核を持ちたり

病院の売店に旅の雑誌あり表紙の隅が少しめくれて

「当院の風呂は源泉かけ流し」なる病院のいづくにかあれ

酸いことを「酸っけえ」と言ふ津軽弁したしく思ふ酸ケ湯《すかゆ》温泉

混浴の千人風呂のおほらかさ女男《めを》ともどもに仏顔して

右をとこ左をんなと湯境ひの立札あれば越ゆる人なし

短歌の授業

凍らせたハチミツ梅を頰張つて猛暑日けふの束の間の涼

打ち水をすればたちまち陽炎となりて生まるる真夏の百鬼

茂吉没後六十五年「梁」の意味は教へらるるがその小暗さは

喉あかきつばくらめふたつ梁にゐて垂乳根の母は死に給ふなり

梁のある礼拝堂に生徒らを連れゆきて読む「死にたまふ母」

区切れとか体言止めとか修辞とか教へて終はる短歌の授業

教科書に載らぬ歌人のいくたりかを思ふたとへば竹山広

八月の授業に加ふ宮柊二、竹山広の戦争の歌

反物のやうな真太い虹いでてこれはこれはと生徒を起こす

くちびるに錫のぐい飲み触るる時きゆんとふるへる真夏のからだ

酒を飲む時のしあはせさうなさま志ん朝の所作に勝ると言はる

今日のことは湯につかりつつ明日のことは酒を飲みつつしづかに思へ

葛の鎖

曾祖母は津軽芸者の気つぷよし煙管打つ音の鋭かりけり

幾重にも漆かさねて研ぎ出せる津軽唐《から》塗り曾祖母の羅宇

上質のチリ紙くるくる縒りあげて煙管の手入れをする人も絶ゆ

住む人のなければ家は弱りゆき取り壊しを決む曾祖母の家

裏庭に手押しポンプの残されて葛の鎖をやはらかに巻く

シャクシャクと手押しポンプを二度三度押して思へり時のはるけさ

悔い無しと言ひきる生の潔さ合歓の莢実のさやさやと鳴る

教室の窓から見えるポプラの木風に吹かれて輪唱の揺れ

いいいるか　らららいおん　ききりん弾む名前を持ちたし秋は

ストーブとシチューのＣＭ始まりぬ残暑きびしき九月一日

午後四時を過ぎれば眠り支度する太陽にして秋の小暗さ

湿り風

勿来よりたどる国道六号線　塩屋《しほや》・四倉《よつくら》・富岡《とみおか》・浪江《なみえ》

福島をフクシマと書きそののちは傍観者にすらならず七年

塩屋崎の店のおかみに震災を問へば目をやる凪ぎわたる海

道の駅「よつくら湊」の北寄《ほっき》めしシコッと嚙めば潮の滋味あり

こどもらの海の壁画に「がんばっぺ」がんばらうではなく「がんばっぺ」

富岡駅ホームに線量計ありてカメラを向ける「外」のわれらは

停車禁・窓開放禁　帰宅困難区域をバスは無言で走る

住むことを禁じるしるし住宅の入口を鉄の矢来がふさぐ

富岡を過ぎて浪江に至る道「がんばっぺ」の文字どこにも見えず

ただひとり浪江の駅に降り立てばグーグルマップのごとき静けさ

三つの小さな旅

函館公園

日本で最古の観覧車がまはる青柳町にゆるゆると秋

英国式噴水けふは秋の陽に濡れて函館公園しづか

Ｅ・Ｔを乗せてゐないか坂道を自転車五台が駆け上がりくる

「青柳小五年一組！」ヒーローのごとく名乗れる少年五人

「あしたボク転校するの」唐突に語り出す子の名残の深さ

自己紹介し終へて子らは駆けゆけり陽が沈むまであともう少し

転校をする少年が鬼ごつこの鬼を引き受け友を追ひたり

沖に船、港にかもめ公園に屶のごとき子どもらのこゑ

百三十三日暮らした函館をふるさとと呼びし啄木の生

イカ釣りの船の灯りのまばらなり風が湿りをはらむ今宵は

津軽鉄道

あたりみな雪がおほへる津軽野をストーブ列車の赤きが走る

四畳半ほどの小さな無人駅のホームに藁の雪除け傾ぐ

ミニスカの津鉄ＣＡ軍手はめスルメ焼くのも大事な仕事

矢印のかたちとなりて海恋ふるスルメ炙れば潮の香のたつ

海はあの山のむかうかストーブのうへでスルメが身もだえをする

熱燗に炙りスルメをちよいと浸しはるかな海をからだに満たす

八戸　えんぶり祭り

田の神をゆさぶり起こす「えんぶり」の農の所作なる舞のはげしさ

ゆるやかに「ながえんぶり」の摺りはじめ息しろじろと冷えのきはまる

太夫らの馬頭烏帽子の前房の揺れてシャンギの音が高鳴る

学校はえんぶり休み朝はやく二月の町を門付けまはる

ゑびす舞大黒舞に松の舞南部地方に春を呼び込む

のりたま

羽はもう水を弾かず残年をかぞへて中学主任退きたり

弁当を持たない子らが集ひきて雑誌をひらく昼の図書館

「このことは家庭の問題ですから」と言はれ俯く若き教師は

無力ではあるが無用でなきことを信じ向き合ふ仕事と思ふ

子どもとはよく食べ眠りよく笑ふものと記せよどの辞典にも

産声をあげるや二日眠つたと祖母は会ふたびわれを笑ひき

若き日には知らず眠りき明け方のさやぐ風の音ひかる山の端

〈の〉を見ればのりたまの〈の〉と連呼しきのりたまはわが言葉のはじめ

「雨が降る」の言ひ換へ問へば得意げに太郎が答ふ「空が泣いてる」

「空が泣く」とイガクリ頭が言ふ時の雨があがれば大き虹たつ

古語単語テスト「いみじ」の解答欄「ヤバい」とあれば○をつけたり

春の流灯

いただきし越の純米酒「鶴亀」を酌まむと作る干し柿なます

方丈の待合所にてバス待てばトタンの屋根を打つ冬の雨

寒過ぎて降れる津軽の意気地《じぐ》なし雪降りつぐ雪が雪を溶かせり

豆腐屋のらつぱのやうな声あげて落ち穂ついばむ白鳥の群れ

この冬の雪は少なし雪代を容れて浅瀬石《あせし》の川のさやげる

ああ、あれは春の流灯ゆふぐれの川にしづけき白鳥の群れ

指に残るくちばしの濡れ白鳥は一瞬にしてパン銜へ去る

全力とはかういふことか雪解けの堅土分けてふきのたう萌ゆ

胸部ＣＴ

天気図の早回しのやう肺葉に粒状影の流れてやまず

非結核性抗酸菌症またいちまい終身、診察券、の増えたり

若苗のそよぐ彼方に残雪の岩木嶺ひかる　深呼吸せよ

消え残るただそれだけでうつむいてゐるやうに見ゆ朝の街灯

緑内障進みて視野のおぼろなる父を笑はす林家木久扇

コロナ休校

「ドーナツは穴があるからゼロカロリー」どこか政治の理屈に通ず

忘れれば、撤回すれば、謝ればおとがめはなし多数バンザイ

「マジメか」とツッコミ入りぬ飲み会の話題が政治に触れたとたんに

連峰の読みたづねれば「れんほう！」と答へたる女子ジョークとしてよし

突然の休校要請ウィルスは不安と苛立ち撒きて広がる

要請の意味を忖度して作るコロナ休校課題プリント

とりあへず休みが嬉しい生徒らに神妙に渡すコ、ロ、休課題

教員は休まなくてもいいのかとジョークで言ふひと真顔で言ふひと

いつどこで誰とどうした罹患者のプライバシーをさらすウィルス

キッチンペーパー折りてマスクをこしらへれば竹槍つくる心地にぞ似る

意識して口角上げむ生徒らに会はねば大きく笑ふことなし

オンライン会議をすればタブレットに資料さがせぬまま終はりたり

アベノマスク、アホノミクスと揶揄すれど揶揄で終はりて何も変はらず

「大丈夫」は立派な男をさす言葉分布少なき国会周辺

つい使ふ「大丈夫です」オブラートに包んだNOの意思表示として

上を向かう

カッコウのこゑの清しさ生徒らのゐない校舎にこゑが透れり

「シャボン玉飛ばし生徒を迎えよう」満場一致で可決されたり

生徒らの出校は明日シャボン玉製造機買ひに教頭が行く

午前七時校舎二階のベランダに設置完了「シャボンダマシ、ー、ン、」

二週間ぶりの登校おはやうと声をかければみなはにかんで

頭上より降りくる虹の球体を見上げる子らよ　さう、上を向かう

消毒し座席配置を広くして生徒ら授業を待てる教室

キロキロと小動物のやうな目をのぞかせてみな大きなマスク

全員がマスク着用アマビエをゑがくマスクが今日の話題賞

マスクして授業をすれば胸やけの苦しさ言葉が逆流をする

マスクなどしてはをられぬ廊下から「木曽の最期」を範読したり

生徒らは午前授業で帰りゆき「また明日ね」の「明日」が光る

下北行

陸奥湾を船で渡れば若人のごときイルカが波を持ち上ぐ

母と父

牛飼ひの娘と代用教員と出会ひし山村ソバの花揺る

法林寺の坂のぼりつつ「賀佐《がさ》」「津花《つばな》」「真賀《まか》」と親しき苗字読みつぐ

母と何を話してゐるか線香が灰になるまで父は動かず

〈親不幸通り〉探せば看板に手書きで書かる〈親復興通り〉

検温し両手消毒どの店も『注文の多い料理店』然

ホタテ貝の貝に大根おろしのせ塩辛のせて焼くだけの肴《あて》

味噌貝《か》焼《や》き

母によく似てゐる叔母と思ひたり一口飲めば三分笑ふ

〈親不孝通り〉は俺の庭だつた庭だつたんだと父は首振る

詮のないことではあるが「あのころ」はもう無いのだと父の了解

たぶんこれが最後の下北行だらう父はつぶやき杖を手に取る

峰走り

十和田湖の湖畔に秋の風たちてスワンボートを洗ふさざ波

天球図こころに描き進みゆかむ九月の水にパドルをさして

イトムカの入江に木漏れ日のさやか大空のあれはニホンイヌワシ

空を渡る舟のごとしもカヤックは雲を分けつつ沖へと進む

例ふれば東京タワーのてつぺんにゐるらし深き十和田湖の澄む

くれなゐが峰走りして岩木嶺は秋訪れのしるべとなれり

道長の「競べ弓」また「肝試し」読み説きゆけば「道長ヤバっ」

豪胆と無謀の違ひを尋ねれば即座に「覚悟」と言ふ受験生

腰丈の茶豆畑は碧い海ぷかりぷかりと軽トラがゆく

塩引きを今朝は焼かむか盆過ぎてたわみ始める稲田見ゆれば

みぎ稲田ひだり稲田の正面に「山」のかたちの岩木嶺そびゆ

集落に墓所あれば村の畑には花を植ゑたる一畝のあり

新時代ひらく令和のはじまりの田んぼアートは「おしん」の図柄

おのおのがた

今日ひと日まちがひ電話に出たのみと語れる父の昼月の寒さ

外は雪、雪、雪、コロナウィルスをまつはらせ降る雪の重たさ

学校も乗り換へ可能オンライン授業をサブスクサービスとして

定額を納めてますと〈顧客〉より楽しい授業を求められむか

裏白のチラシを切つたメモ用紙あまた出で来ぬ祖母の押し入れ

捨てるには惜しとばかりに思ひ出をはらひ値をつけメルカリ三昧

マスクすることにも馴れて水色のマフラーの日は水色マスク

目覚めれば膝丈ほどの雪の嵩けふが日曜なるを感謝す

二〇二〇今年の漢字は「密」とかや密議・密閉・密通の年

毎年のやうに討ち入り果たし来し四十七士もどうやら自粛

「おのおのがた」とためしに言へば生徒らは「何それ?·ウケル」と大笑ひせり

文法も漢字も確かに大事だが語つてしまふ「刃傷松の廊下」

三月の川

虎落笛ふきつつ踊る冬の神ひと夜踊ればひと山の雪

眠たがる大型犬を引くごとく小屋より出だすヤマハ除雪機

除雪機のエンジン音を聞きながらこまめに押し引くことも覚えぬ

雪をはらひガソリンを足し除雪機をしまへば明るくなる空の下

この春に北へ向かふといふ姪を連れて見にゆく三月の川

北条時頼の寵愛を受けた唐糸御前

残雪の岩木嶺のぞみつつ歩む唐糸御前史跡公園

年ごとに白鳥あまた飛び来たり唐糸御前とぶらひの地に

白鳥に手づから与ふるパンの耳よき飼育員にならむ姪はも

飼育員志望の姪に公務員をかつて勧めき教員われは

生徒には「夢」保護者には「安定」を言ひしがいまは「自由」を願ふ

「根性はあるよ」と姪はさりげなし今生の別れと言ひたる父に

シンコペーション

美しき縁《えにし》を否むこころたつ中島みゆき「糸」を聴きつつ

緩んではならぬ経糸《たて》せはしなく走る緯糸《よこ》いづれ女男《めを》なる

緯糸がぷつりと切れて二十二年ほそぼそと張る父の経糸

久々に父を伴ひ出かけたり墓参ののちは老舗の蕎麦屋

この店も老いたか蕎麦の香がないと父はもそりと蕎麦をすすれり

雪解けの水を容れたる春川のシンコペーション耳に明るし

雪吊りの縄をはづせば小松らは青々として枝をふるはす

美しく編隊を組む白鳥の黒ければいかに怖ろしからむ

「見えません」と言ひつづければおのづから鬱々となる視力の検査

白内障手術を待てり隣席の婦人とさくらの話などして

水晶体砕かれてわれに新しきレンズ備はる　空のまぶしも

花曇る日曜の午後うとうととからだ眠らす骨折の父

窓の下に合歓の咲きたりうすももの昼の花火のやうな花房

口笛を習ふといいや朝ごとに合歓の木に来るダミ声カラス

溶けかかるバニラアイスのなめらかな光帯びたり岩木嶺の雪

小雨ふる朝のバス停しほしほとドクダミ揺れて香りたちたり

おとぎ話

そこそこにあざとい女子に操られデレッとするな野球部男子

「たわけもの、うつけもの、オレおつけもの」叱るに難き野球部男子

「叱るとき野球部男子と言わないで。俺は違う」と野球部男子

黙食といふ新習慣にほつとする生徒ゐるらむみんながひとり

〈みすぼらしく美しいもの〉檸檬一顆窓辺に置けば陽を照り返す

『銀の匙』だけを教ふる教師ゐきおとぎ話のやうな幸ひ

筆ペンでゆつくりと書くまだ書けるパーキンソン病進む右の手

教室にカッコウのこゑ、カッコウのこゑを喜ぶ子らを喜ぶ

運動会

明け方のさやかなる雨グランドの草の湿りをはかりつつ聞く

グランドにひびく歓声そのこゑの真中に立てば夏空ふかし

競ふべき相手のあればいつもなら話さぬ子らが肩を組みたり

ただ走る　ただ走ることの清しさよほれぼれと見る大きストライド

この宵は翡翠茄子《ひすいなすび》をよく冷やし白磁の皿に盛りて涼めり

シヅク酒冷エテヲリ⧄真夏日のけふは定時に学校出でむ

甲子園

「甲子園？　大丈夫っすよ」修平のビッグマウスを聞くのも最後

甲子園県予選決勝　心臓と胃がこもごもに伸び縮みせり

ピンチこそ笑顔と元気その果ての安打八回裏の逆転

退職のはなむけならむ八年ぶり二度目の甲子園出場決まる

「甲子園にりか先生を連れてく」と言ってましたと修平の父

甲子園球場に雨降りやまずマスク姿の選手待機す

順延につぐ順延の甲子園八年ぶりの出場なるに

一週間延びてやうやく初戦なり聖愛ナインのおもて明るし

とつぷりと肩を凝らせて応援す甲子園での一勝とほし

いつか

シャガールの「アレコ」四幕飾りゐるホールに立てばここは深海

青森県立美術館

四面ぐるり見上げ見回すアレコホール眩暈のための椅子置かれたり

こんじきの芦原に身を潜ませるシャガールの鎌にぶく光れり

床も壁も白く塗りたる化粧室出でむとすれば見失ふドア

投薬と運動のほか治療法なければ歩く　歩くために歩く

鉄橋を貨物列車がわたりゆくガタンゴトンの紋切り型で

すくみ足とは思慮深き足のこと一歩踏み出すまへの逡巡

動かなくなる日がいつか来るらしく〈いつか〉を蹴飛ばすやうに歩めり

とんとんと歩く子鴉名はヤコブ　高野素十

けさもまた盛り土で遊ぶカラスありあれは素十のヤコブならずや

足を擦り歩くやつなら大丈夫　と思ふカラスか寄りても逃げず

シロサギは郵便屋のごとクロサギは宅配屋のごと稲田をめぐる

朝六時稲田にひびく鐘の音は北の村から西の村から

畦の草刈られてすがし朝露にぬれて一輪残るむらさき

畦道に刈り残されたヒメジョオンの小花はひとつひとつ灯し火

オオデマリ、コデマリ揺らす夏の風さみしいときは一緒に揺れる

コントラバス

右の手に力なければ上澄みをすくふごとくに新雪を掻く

さらさらの新雪掻けばその下に堅雪の層「さらさら詐欺」ぞ

連想

レンタルの鶴はをらぬか嘴で雪氷くだく剛毅な鶴は

除雪車の置き土産なる堅雪はつつけど割れず割れても重し

この雪はいつまで続く空深くコントラバスの鈍き音する

週二から週三に増え日常の一コマになる点滴治療

週三の通院患者ともなれば検温器のまへ上手に通る

検査入院

それぞれにカーテンを引きしづかなり時の節目のあはき日日《にちにち》

パブロフの犬にあらねど目の前に看護師立てば名告りの姿勢

何をするにしても名前を問はれればいつしか名前は記号のかるさ

窓の内も外も雪色こころから先にしをれていくやうな昼

病室にてひらく安立スハル歌集　大葉子はまだ雪の下です

さみしいと言へばさみしくなるこころ鷺はひつそり片足で佇つ

雪の野に眠れるごとし点滴のはやさが時を統べる病室

こうやつて病人になつていくのだらう光に消されてゆく昼の月

クリスタルのペーパーウエイト置く窓辺　ひかりは虹を虹は希望を

さくらいろのカーテンを引きめぐらせて眠れりとほき春雷のなか

やさしき光

コント師の〈シソンヌじろう〉こそよけれ太宰治に似た津軽顔

津軽には津軽の顔あり彫りふかく頬骨たかく唇うすく

恥の多い人生の終はることなきか『人間失格』二〇九刷

五者による授業交換成し終へて安堵し向かふ点滴治療

投薬の効果うすきか両肺にしろき火花の散るごとき影

病院のローソンで買ふ豆大福ひとくちに食べ職場へ急ぐ

通院から戻れば「先生、お帰り」と窓から手を振る　授業中だよ

二〇二一年 今年の漢字「金」

あたふたと生きゐるうちに時は過ぎ今年の漢字発表されぬ

教室に今年の漢字貼り出せば「やっぱ金《かね》か」と善太つぶやく

降誕劇《ページェント》と聖書朗読その指導ねがひ出でたり最後の奉仕に

クリスマス礼拝まであと一週間ヨセフ役きらひとマリア出で来ず

アドベント・クランツ最後の蠟燭に火の灯されてクリスマス来ぬ

マスクして歌ふハレルヤこの子らの明日にやさしき光あふれよ

ランウェイ

雪原は真つ白な海　満ち潮の二月去り引き潮の三月

もしかしてこれが最後のスーツかと自撮りしてみる退任の朝

講壇に立ちて眺むる中高生みな白マスクつけてしづまる

冷え込んだ体育館に整列す生徒ら兵馬俑のたたずまひして

体育館どまん中なる花道はわれのランウェイ　動け右足

いつになくまじめに拍手をする子らの笑顔笑顔に送られて、笑顔

閉店する老舗のごとし卒業生・保護者が訪ねて来る退任の日に

退任式終へてそのままスーパーへけふの肴を買ひに立ち寄る

母逝きて二十七年お煮染めの手綱こんにやくきつちり結ぶ

新米の「あさゆき」炊けり土鍋よりひとすぢの湯気たちのぼらせて

カルム

退職は寂しくあらず強がりにあらず初めて猫を飼ふ春

これの世に生《あ》れて半年やはらかき子猫を抱けばちひさく鳴けり

三代をさかのぼりたる血統書を猫にわたせば翳りはじめつ

フランス語で「穏やか」の意味穏やかな日々を与へむ猫の名は「カルム」

非常勤講師となりて知りしこと専任ならねば半ば部外者

「先生はホント、の先生？」大リーグボール二号のやうな質問

学校を出れば話題も学校を離れる講師女子会ぞよき

三クラス週七コマの交はりは淡けれどそんな教師も必要

ヤマボウシ一夜にて落つ昨日までみな輝ける帽子であつた

四肢のばし真一文字に眠りをる猫を計れば一尺五寸

一匹の子猫にもらふ凪の時間たべてあそんでねむるいちにち

人ならば思春期のころ六ヶ月の子猫の明日は去勢手術日

ネットにて猫の去勢の功罪の説得力ある〈功〉を探せり

窓際にいつものやうに寝そべつて猫はゆふぐれの階調を見る

十五年後は七十六の同い年猫よお互ひモボ、モガでゐむ

歓と憂

はつゆきは〈歓〉をふぶきは〈憂〉を連れ津軽野づらを白く染めたり

採血まであと一〇八人降る雪を羊を数へるやうに数へる

「密」といふ言葉はもはや使はれず採血を待つ一〇〇人の密

車椅子に乗りて居眠る少年の膝掛けに跳ぶあをきドルフィン

「青春は密」と言ひたる教師あり誰か言はぬか「老年は蜜」

病院より帰れば猫が足を嗅ぎ手を嗅ぐ何の匂ひかすらむ

ぽつぽつと欠礼はがき届きたり積もらず消ゆる雪の降るころ

あぶり出せば「メメント・モリ」と浮き出でむ薄墨いろの欠礼はがきは

〈感動を表す形容詞の語幹〉教へなくとも、うまっ、やばっ、えぐっ

来年は巴里へゆかむか退職後一年を経てつばさが動く

オペラ座に棲む蜂のゐてハチミツを家賃がはりに納めて暮らす

行くならば秋、焼き栗《マロン・ショー》など食べながらセーヌ河畔のゆふぐれ歩まむ

冬の体力

この雪の下に石楠花あの雪の下に芍薬　眠れ春まで

小型とはいへどガソリン満たしたる除雪機重し降る雪はげし

極寒の雪掻きやすし半端なる暖気は雪を重く湿らす

除雪機の排雪筒に詰まりたる雪を掻き出す摘便のごと

〈蓴菜の模様の欠けた碗〉に盛る雪の清さを賢治は信ず

水晶のごとき眼《まなこ》を見開きて猫は見てをりはじめての雪

新雪を茶碗に汲んで差し出せば猫はひと舐めして立ち去りぬ

「日本鹿入りました」とライン来て行きたり冬は体力が要る

潔斎をする心地にて大皿のサラダ食べたりジビエ食堂

「葦原の鹿は、其の味爛《くさ》れるごとし」 常陸国風土記

日本鹿ラグーソースは臭ひなく絵本のなかの冬野のごとし

薬食ひすればほのかに獣めきザッザッと雪の藪に踏み入る

満月に雪の紗かかる寒のそら明日《あした》の雪は掻きやすからむ

ピアノソナタ

霜月はくらぐらと冬をはらみたり山におくれて里にゆきふる

トリュフ香のポテト、ボルチーニ香のパスタ、うなぎの煙で飯食ふごとし

自分へのご褒美といふハードルの低き褒美もこのごろ無縁

怖れゐしその日は来たり十年に一度の寒波押し寄せる日に

新聞のお悔やみ欄に記載なく吹雪に紛れて逝つてしまひぬ

ピアノソナタ三十二番第八楽章

葬儀にはベートーヴェンをと言ひしこと思ひて聴けりピアノソナタを

冬の夜の線香花火ほつほつと爆ぜてたちまち落ちる火の球

内田光子弾くベートーヴェン雪しまく津軽冬野を棺と思ふ

もうゐないやうな今でもゐるやうなたぶんどちらも本当のこと

たつぷりの雪を降らせてさらさらとひかりはアカシア蜜の明るさ

弘前市立博物館

公園の桜に雪の花咲くを見上げつつ行くダリ「神曲」展

ダリ展といへどもしづかコーナーを回れば津軽のこけし並べり

濡れてゐる青と思へりダリの絵をつつみ降りつぐ晩冬の雪

さよなら、先生

電線に引つかからまつた風船の右に左に退職一年

この春の雪解けはやし大雪も時がうつればまぼろしのごと

家裏に残れる雪を切り崩し日向に撒けり三月の業

お向かひの八十歳の母さんの踊りのやうな雪きり見事

老いびとは冬晴れ長者　消え残る雪を崩して春を呼びこむ

豪雪に圧され臥したるシャクナゲの立ち上がるころ梅の咲くらむ

「先生の授業はわかりやすかった」わかりやすくてよく眠りたり

勤めてより三十九年さう言へば生徒が「サンキュー！」私も「サンキュー！」

心残りあれどここまで。パソコンのマウスに載せた右手動かず

この子らの卒業までは教へむと講師となりてその最後の日

今送る数多の謝罪とありがとう共にすごした宝の三年　剣心より

「へたな字は勘弁して」と手渡さる卒業の日の生徒の色紙

丁寧に色紙に書いた歌一首　歌は思ひをはぐくむ器

優しさは弱さではない永遠に消えることなき希望のひかり

残された荷物少なし紙袋ひとつをかかへ　さよなら〈先生〉

エサのあと添ひ寝をねだるルーティーン猫のカルムに統べらるる朝

無為自然といふ顔をして日の当たる朝のベッドに猫横たはる

若猫にあれど怖れつあたたかきこの搏動の止まらむその日

飼ひ猫を甘やかしわれを甘やかし職なき日々はたちまちに過ぐ

雪解けの田に降り立てる白鳥がぬかるみにつつ落ち穂を拾ふ

鳥のこゑすれば窓辺に駆け上がりいつまでもいつまでも空を見る猫

空を見る猫と飛びゆく白鳥の視線重なる一瞬のあれ

牛飼が歌よむ時に世の中の新しき歌大いにおこる　左千夫

われもまた牛飼の裔《すゑ》あたらしき春のひかりを存分に浴ぶ

桜蘂ふる

ゆるやかに規制ほどかれ全国の花咲か爺さん総出動せり

駆け上る桜前線待つといふ心ゆらぎの消えてゆく世か

小さめのおにぎり四つお茶一本分け合ひて食ぶ桜散るなか

散る花ありつぼむ花ありつなぐ手のぬくみが今のかけがへのなさ

花びらを二ひら三ひら穂の中に残してしづか竹箒ねむる

この冬の雪の重さに耐へ来たるハコベの上にさくらばな散る

ほのほのと眠りのきざす昼下がり桜蘂ふる音のかそけし

夜の森にさくらぼんぼり灯る春うすあゐいろの空に風あり

一日を授業時間で区切る癖やうやく抜けて葉ざくらのとき

やはらかな猫パンチ受け目覚めたりもうすぐ夜が明ける時間に

暮色

二巡目の暦どこまですすめるかひと日ひと日の過ぎゆき速し

スーパーの開店は九時値引き品めざし集まる老老男女

値引き品ばかりのカゴのさびしさに紅映梅《べにさし》の明るきを足す

会計を待つ列にゐて見てしまふカゴいつぱいにキュウリ買ふひと

はじめての梅仕事する月曜日とほくなりたり教員の日々

熟したる紅映梅をひとつひとつ洗つて拭いてわれはやさしき

くすりゆびすこし撓めて紅をさす仕草は遠くマスクの彼方

凍らせた梅をなでれば手にしたがひ花咲くやうに皮の剝けたり

キッチンの窓を開ければ若葉風ここが私の居る場所である

紅映の郷は若狭の三方五湖来む年もまた豊かに稔れ

みづみづしき梅のまろ実のやうな時すぎて滋味ある梅漬けの時

梅の実にザラメそそぎて二夜三夜ガレのランプのやうな暮れ色

あとがき

この歌集には、二〇一八年から二〇二三年までの歌の中から、自選した四〇〇首を収めました。私の第五歌集にあたります。本当は、永年勤めていた中高一貫校を定年退職した一昨年春に間に合わせるつもりでした。しかし非常勤講師としてそれまでとは違うかたちで仕事を継続したこともあり、新旧の生活リズムに流されるままに時間が経ってしまいました。この春すべての仕事を辞し、ようやくまとめるに至った、私の節目となる歌集です。

歌集名は「この雪はいつまで続く空深くコントラバスの鈍き音する」から、高野公彦様がつけてくださいました。高野様には帯の六首も選んでいただき、心より感謝申し上げます。宮柊二に「空ひびき土ひびきして吹雪《ふぶき》する寂しき国ぞわが生《うま》れぐに」という歌がありますが、雪国の人間は雪を五感で受け止めます。北国の風土と、そこに生きる人間にとっての「雪」は、今後も私の大きなテーマになるでしょう。その一方で、私の核のひとつであった学校の歌を手放したいま、これからどのような創作の世界を築いていくのか、不安でもあり楽しみでもあります。
短歌と出会ってから四十年余、拙い歩みを支えてくださったコスモス短歌会の皆様、そして本歌集の制作にあたり、細やかにご配慮くださった柊書房の影山一男氏に深く御礼申し上げます。

二〇二三年八月

福士りか

コスモス叢書第一二二八篇
歌　集　大空のコントラバス
二〇二三年一一月二〇日発行
著　者　福士りか
〒〇三六－〇二二三
青森県平川市日沼高田二七－四
定　価　二五三〇円（税込）
発行者　影山一男
発行所　柊書房
〒一〇一－〇〇五一
東京都千代田区神田神保町一－四二－一二　村上ビル
電話　〇三－三二九一－六五四八
印刷所　日本ハイコム㈱
製本所　㈱ブロケード

ISBN978-4-89975-437-4